같은 시간,
다른 세상

KB103691

고집북스 틴즈 006

같은 시간, 다른 세상

발행일 2022년 9월 13일

지은이 이건우, 김시호, 전예솔
그린이 전예솔
편 집 고은영

펴낸곳 GOZIPbooks
신 고 2000년 11월 26일 (제2020-000048호)
주 소 충남 천안시 서북구 불당4로 38
이메일 savvy75@hanmail.net
인스타그램 @gozipbooks

ⓒ 이건우, 김시호, 전예솔 2022
ISBN 979-11-973089-9-4

고집북스 틴즈 006

같은 시간, 다른 세상

이건우 김시호 전예솔

열일곱 살에도, 스물일곱 살에도
나는 항상 같은 고민을 해왔던 것 같다.
항상 내가 가는 길이 맞는지, 지금이라도 바꿔야 하는지 고민했고,
심지어 비교적 안정적인 직업을 얻은 지금도
종종 같은 고민을 한다.

차례

the Editor's Note · 8

the Editor's Note

<고집북스> 대표 고은영

조금은 삶이 지루하게 느껴지는 인생 15년 차.

오늘은 기대감으로
내일은 불안함으로
꿈을 향해 조금씩 걸어가는 그들에게 물었다.

"십 년 후, 나는 어떤 모습으로 살아가고 있을까?"

그저 막막하게 꿈꾸던 나의 미래 속으로
직접 뛰어들어보니
사는 게 참 녹록지 않다.

8 . 같은 시간, 다른 세상

인생이 뜻대로 풀리지 않아 치열하게 고민하는 정한,

내가 꿈꾸던 자리에 올랐지만 모든 것이 꿈인 것 같은 리호,

지구가 멸망해도 희망을 품고 살아가려고 애쓰는 예솔.

그들의 풋풋하고 사랑스러운 꿈속으로

우리도 함께 시간여행을 떠나보자.

언젠가 그들의 꿈이

여름 햇살처럼 반짝이는 날에

이 여행을 함께 했던 우리도

행복해질 거라 믿는다.

이건우 . 9

이건우

평범하지만 평범하지 않은 중학생으로 글쓰기를 좋아
하는 편이다. 미래에 대한 기대보다는 걱정을 하고 있
으며, 아직 확실한 진로를 정하지 못했다. 앞으로 천천
히 미래를 그려 나가려고 한다.

미로

물음표

도돌이표

느낌표

이정한(27)

임용고시에 떨어져 학원 강사를 준비 중인 취준생. 일찍 취업에 성공한 친구들이 부럽기만 하다. 자신이 걸어온 길에 의구심을 품고 있다.

이정한(17)

계획 세우기를 꺼리고, 오늘만 산다는 마음가짐으로 살아가는 고등학생. 부모님과 사이가 좋은 편이지만, 자기 뜻과 맞지 않는 부분이 있다고 생각한다. 자신이 걸어갈 길에 대한 막연한 기대와 걱정을 가지고 있다.

"네?"

<10년 후의 나는 어떤 삶을 살고 있을까?> 라는 선생님의 질문에 순간 할 말이 없어졌다. 10년 후의 나?살면서 5년, 아니 당장 1년 후의 나도 생각해 본 적이 없었다. 10년 후의 미래라고 하면 밤하늘에 떠있는 별 같다는 생각이 들었다.

처음으로 <그때의 나는 무엇을 하고 있을까?> 하는 막연한 궁금증이 생겼다.

물음표

<복합어는 둘 이상의 어근이나, 어근과 접사가 결합
한⋯⋯.>

졸음이 저절로 밀려온다. 예상은 했지만, 이 정도로 재미
없을 줄은 몰랐다. 학원 취업을 위해 강의 영상을 찍어보
고 모니터링을 하고 있는데, 도저히 살릴 수 없을 것 같
다. 애초에 가르치는 데 재능이 없는 건 아닐까.

탁!

노트북을 덮고 침대에 벌러덩 누웠다. 머리가 지끈거렸다. 앞으로 어떻게 해야 할지 막막하기만 하다.

띵동, 띵동.

갑자기 울린 벨 소리에 화들짝 놀라 잠에서 깼다. 잠깐, 내가 언제 잠들었지? 일단 부스스한 차림 그대로 문을 열었다.

"엄……, 마?"

엄마가 오늘 방문하신다고 하셨던 게 이제야 떠올랐다. 청소 좀 해놓을 걸 하며 문을 열었다. 들어오시자마자 자연스럽게 침대에 앉으시고는 빤히 내 문제집을 쳐다보시더니 입을 여셨다.

"임용고시 준비는 잘 되니?"
"열심히는 하고 있어요. 조만간 붙을 거예요."

"힘들지는 않고?"

"안 힘든 공부가 어디 있나요. 그나저나 배가 고프네. 저녁은 드셨어요?"

공부 이야기는 더 하고 싶지 않아서 대충 얼버무리고 화제를 돌렸다. 만들어 오신 반찬으로 배불리 저녁을 먹고 엄마를 배웅했다.

"공부 힘들고 재미없으면 안 해도 돼."

"엄마도 참, 말 좀 예쁘게 해주지. 아무튼 열심히 할 테니 이제 걱정 그만."

도저히 그만두고 싶다는 말씀을 드릴 용기가 나지 않았다. 임용고시에 떨어진 뒤 학원 강사를 준비하고 있다는 사실을 숨기고, 다시 시험을 준비하고 있다고 말씀드렸다. 일단은 엄마 걱정부터 덜어드리고, 대책을 마련하기로 했다.

답답한 마음에 다시 침대에 누웠는데, 갑자기 고등학교 시절이 생각났다. 뭔가 데자뷔 같은 장면들이 아련하게 맴돌았다. 고등학교 때도 나는 시험 때마다 이렇게 가슴이 답답했던 것 같다. 그나마 그때는 친구들이 있어서 견딜 만했는데……. 십 년 전 추억들을 하나둘 소환하는데 잠이 솔솔 왔다. 꿈과 현실 사이에서 방황할 때쯤 갑자기 전화벨이 울렸다.

"야, 이정한! 너 어디야?"

약속 시간에 늦어 카페 문을 벌컥 열고 들어갔다.

"늦어서 미안."
"예나 지금이나 지각하는 건 여전하구만."

오늘은 지유를 만나러 카페로 왔다. 지유는 내 고등학교 찐친이다. 삼별전자에 입사한 이후로는 바빠서 그런지 좀처럼 연락이 안 되던 녀석이다.

"그나저나 왜 불렀어?"
"왜 이렇게 급해. 그냥 망할 직장생활 스트레스 좀 풀려고 불렀지."

"너 이번에 삼별전자 들어가지 않았어? 거기 대기업이잖아. 되게 편한 줄 알았는데."

그러자 지유는 커피를 한 모금 마시더니, 답답한 표정으로 말을 이어갔다.

"야, 그게 도대체 언제적 얘기냐? 요즘 사람들은 오히려 대기업 꺼리는 거 몰라? 대기업이 얼마나 힘든데. 야근하는 날도 많아져서 남친 보기도 힘들어. 신입도 안 뽑아서 업무 배우랴, 심부름하랴, 몸이 열 개여도 모자라. 또 뭔 놈의 회식은 그렇게 많은지. 빠져도 된다고는 하는데, 눈치 보이니까 빠질 수도 없고. 진짜 요즘 내가 뭔 생각으로 여기에 들어왔는지 모르겠어."

대기업 생활이란 게 생각보다 더 장난 없구나. 지유의 얼굴을 다시 보니 예전보다 많이 초췌해졌다. 공부도 잘하는데 얼굴까지 예뻐서 고등학교 땐 인기가 장난 없었는데.

"난 너가 좋은 성적으로 좋은 대학 들어가고 좋은 회사

까지 들어간 걸 보고 걱정이 하나도 없겠다 생각했지."

"너 진짜 20대 맞아? 고딩 때도 아재 같더니 여전하네. 사람들이 취업 성공해서 걱정 없겠다고 하는데, 요즘은 워라벨 떨어져서 대기업 기피하는 거 몰라? 넌 교사 준비 중이라서 잘 모르나 본데, 이제는 돈이 다가 아니야. 돈만 주면 일하는 시대는 지났다고. 여유가 있어야지, 여유가. 너 같으면 주말에도 죽어라 일해야 하는 회사에 들어가고 싶겠냐? 솔직히 나도 우리 회사 들어가기 싫었는데, 엄마땜에 억지로 원서 넣은 거라고. 일부러 면접도 대충 봤는데, 하필이면 내가 지원한 부서가 미달이라 붙어버렸잖아. 근데 또 엄마가 동네방네 만나는 사람마다 자랑해대서 당장은 그만둘 수도 없고. 하아, 근데 내가 뭐라고 너한테 이런 걸 가르쳐주고 있냐. 누가 들으면 진짜 재수 없다고 하겠다."

"미안. 내가 생각이 짧았네."

영혼까지 쏟아내듯 할 말을 마친 지유는 남은 커피를 한번에 다 마시더니 얼음까지 와작와작 씹기 시작했다. 우리는 사소한 잡담이나 하며 시간을 보냈다. 수다가 거의 끝나갈 무렵에는 지유의 표정도 한결 나아진 듯 보였다.

"그래도 너한테 하소연도 하고 수다도 떠니깐 좀 나아진 것 같다."
"휴, 그거 다행이네."

그렇게 한참을 더 수다를 떨다가 슬슬 집으로 돌아갈 채비를 했다. 나도 내 얘길 하고 싶었지만, 오늘은 지유 고민을 들어주는 게 맞는 것 같아서 그저 그런 일상 얘기로 지유를 위로했다.

"오늘 즐거웠어. 담엔 쏘주 한잔 하자구."
"그래 담엔 남친도 델고 와라. 내가 한잔 살게."

지유와 나는 집이 반대 방향이라서 카페를 나와 작별 인사를 하고 헤어졌다. 걸어오는 길 발걸음이 좀 무거웠다. 잘나가던 지유도 이렇게 고민이 많다는 게 낯설고, 짠하면서도 뭔가 안도감이 느껴졌다. 내가 나쁜 놈인 건가. 좋은 회사 들어가면 좀 힘들어도 남들과 다르게 사는 줄만 알았는데. 사람 사는 건 다 비슷한가 보다.

나흘 뒤, 기현이와 오랜만에 만나기로 했다. 기현이도 내 고등학교 찐친이다. 지금은 둘 다 백수인 관계로 벌건 대낮에 약속을 잡았다. 기현이는 카페를 좋아하지는 않지만, 이 시간엔 마땅한 곳이 없어서 그냥 동네 카페에서 만나기로 했다.

"오랜만이네?"
"오랜만이네, 김귀염 씨."
"그 별명 한 번만 더 쓰면 진짜 죽여버린다."

김귀염이라는 별명은 고등학교 때 기현이 구 여친이 지어준 별명이다. 기현과 귀염이 발음이 비슷해서 지어준 듯하다. 조폭 뺨치는 외모와는 진짜 안 어울리는 별명이다.

"그나저나 왜 불렀어?"
"그냥. 친구 만나는데 굳이 이유가 필요해?"

그럼 진짜 아무런 목적 없이 만나자고 한 건가. 하여간 인생 단순하게 사는 건 인정해줘야 한다.

"야, 나 줄넘기 학원이나 하나 차릴까? 나 정도면 학생들

한테 인기 많을 것 같지 않냐?"

"퍽이나 인기 많겠다. 넌 요즘 거울도 안 보고 사냐? 근데 그동안 열심히 운동한 거 안 아까워? 선수라도 해보는 게 낫지 않겠어?"

"너 줄넘기가 얼마나 인기 있는 운동인지 모르는구나? 요즘은 애들 사이에서 줄넘기 학원이 트렌드야 트렌드. 줄넘기 대회도 있고, 지도자 자격증도 있는 거 몰라? 어휴, 니가 그걸 알아서 뭐 하겠냐. 아무튼 줄넘기 학원만 차리면 떼돈을 벌 수 있을 거라고."

"떼돈은 무슨. 지난번에 빌려 간 5만 원이나 갚으셔요."

우리는 다시 일상 이야기를 하며 시간을 보냈다. 기현이는 괜히 풀 죽어 있다가 여친 얘기로 다시 생기가 돌았다. 우락부락하게 생겨가지고 여친한테는 애교가 쩌는 놈이다. 내가 알기론 고등학교 때부터 혼자였던 시간이 합쳐서 1년도 채 안 될 거다. 그동안 여친이 아마 최소 3명은 던 것 같고. 그런 재능 살려서 연애 어플이나 개발할 것이지. 줄넘기 학원도 차리려면 돈 많이 들 텐데. 나는 기현이 얘기에 영혼 없는 리액션이나 하며 오늘 저녁 메뉴나 생각했다.

"아, 나 이제 가봐야 할 것 같은데."

"벌써? 니가 갈 데가 어딨다고 벌써 가?"

"여친 만나러 가야지. 5시까지 역 앞에서 기다리고 있겠대."

순간 내가 딴생각하는 거 알았나? 싶었지만 역시나 여친 때문이었다. 저 커플은 언제 깨지려나. 카페를 막 나서서 집에 가려는데, 기현이가 날 멈춰 세우더니 말했다.

"담엔 여친 소개해 줄게. 보고 놀라지나 마셔."

"그건 됐고. 나도 소개팅 좀. 줄넘기 잘하는 여자로."

실없는 소리를 마구 던져 놓고 자취방으로 돌아왔다. 암막 커튼 때문에 낮인데도 컴컴했다. 불도 안 켜고 침대에 드러누웠다. 뭔가 허전했지만, 저녁은 건너뛰었다.

"내일까지 영상 보내. 너무 고민하지 말고 시작해 봐. 학교나 학원이나 돈 버는 거 다 똑같아. 한번 해 보고, 아니면 마는 거지. 편하게 생각해. 누가 잘 될지는 아무도 모르는 거야. 열심히 하면 어디서든 성공할 수 있는 거……."

복잡한 내 마음을 알기라도 한 듯 선배에게서 장문의 문자가 왔다. 대학 때부터 나만 보면 이상하게 잔소리하는 선배는 가끔은 꼰대 같은 소리도 하고 그래서 학교 다닐 땐 그리 가깝게 지내진 않았다. 그런데 졸업 후에도 나를 불러서 밥도 사주고, 술도 사주고, 고민도 들어주고 해서 요즘은 자주 만나는 편이다. 선배는 지금 유명 학원의 일타강사다. 선배가 임용고시를 준비하던 시절 꾸준히 올렸던 유튜브 영상이 갑자기 떡상하더니 삼수 끝에 시험에 합격하자마자 학원에서 러브콜을 받았다. 진짜 사람 인생 어찌 될지 아무도 모른다는 말이 맞나 보다.

자리에서 일어나 노트북을 열었다. 메일에 영상을 첨부하고, 보내기 버튼을 클릭했다.

도돌이표

쉬는 시간의 시작을 알리는 종이 울렸다. 바로 애들이 있는 곳으로 가려는데, 이미 둘이서 멀리서도 들릴 만큼 크게 말다툼하고 있었다.

"아니 부자 백수가······."
"일해서 돈을 벌어야······."

26 . 같은 시간, 다른 세상

아까 선생님이 하신 질문으로 열띤 토론을 하고 있나 보다. 뒤에서 조용히 구경하고 있는데, 갑자기 기현이가 말을 걸었다.

"야, 이정한! 넌 뭐로 상상했냐?"
"그냥 돈 많은 백수로 했지."
"그렇지? 봐봐, 내 말이 맞는다니까."

딱히 뭐라 할 말이 없어서 아무 말이나 해본 건데 어쩌다가 나도 논쟁에 휘말리게 됐다. 얼떨떨해하고 있는데, 지유가 어이없는 표정으로 말을 걸었다.

"너 진심으로 백수가 되고 싶은 거야?"
"돈 많으면 장땡이지."
"일하고 싶지 않아? 아무것도 안 하면 재미도 없고 보람차지도 않잖아. 그리고 상식적으로 돈 많은 백수가 말이 돼? 부자가 되고 싶으면 그에 맞는 노력을 해야지. 그래야 더 뿌듯하고 소중하게 여겨지는 거야."
"네네, 그러면 당신은 죽도록 노력해서 돈 버세요. 저희는 편하게 살 테니."

둘이 옥신각신하는 동안, 나는 슬그머니 자리를 떴다. 일단은 대충 넘겼지만, 넘겼다고 해결되는 건 아니다. 자리로 돌아와 다시 한번 골똘히 생각해 보았다. 10년 후의 나라면…….

시험이 코앞으로 다가왔다. 앞으로 시험까지 딱 2주 남았다. 그런데도 마땅한 계획 없이 어리바리하고 있는 나를 보고는 엄마가 한숨을 쉬셨다.

"너 시험 2주 남지 않았니? 문제집은 다 풀었어?"
"어어, 거의 다 풀었어."
"앞으로 2주 남았어. 이번 주 안에 끝내야 다음 주에 기출문제 풀지. 이번 주 계획은 있니?"
"딱히 없고, 그냥 이번 주 안에 문제집 끝내려고."
"최소한의 계획이라도 짜는 게 어때? 문제집 얼마나 남았는지는 알아?"
"알았어요. 제가 알아서 할게요."

일부러 무뚝뚝하게 말하고는 방에 들어갔다. 밖에서 엄마의 한숨 소리가 한 번 더 들렸지만 무시하고 책상에 앉았다. 계획? 단언컨대 나는 계획이라는 거를 제대로 짜본 적도 없을뿐더러 계획 짜는 것 자체를 굉장히 꺼린다. 이런 나를 알면서도 엄마는 자꾸만 계획 타령을 한다.

에라 모르겠다 하고 침대에 누워서 휴대폰을 켰다. 풀어야 할 문제집이 있지만 일단 내일로 미루기로 했다. 그렇게 게임 동영상을 보면서 시간을 죽이고 있는데, 갑자기 문이 벌컥 열리더니 엄마가 들어왔다.

"알아서 하겠다고 하더니, 역시 휴대폰 중이었구만."
"노크 좀 해주면 안 돼?"
"너 중간고사 성적은 너가 관리하는 거다? 나는 상관없는 일이라고 했어. 그러니까 너 알아서 해."

다짜고짜 남의 방에 노크도 안 하고 들어와서 온갖 심기 불편하게 하는 말만 하고 나가버리는 모습에 울화통이 치밀어올랐지만, 겨우 이성의 끈을 붙잡았다. 내가 알아서 한다고 했는데, 도대체 왜 내가 하는 행동마다 불만을 품는지 모르겠다. 알아서 하라고 해놓고서는 금세 다시 들어와서 잔소리할 게 틀림없다. 뫼비우스의 띠도 아니고 이게 뭐야. 마음 같아서는 다 때려치우고 인터넷 방송이나 하고 싶지만, 공부가 가장 쉽다는 말을 귀에 못이 박히도록 들었고, 나도 어느 정도는 동의하는 바이기 때문에 어쩔 수 없이 다시 책상에 앉았다.

그런데 앉기만 했지, 뭐부터 어떻게 해야 할지는 도저히 모르겠다. 그러다가 아까 엄마가 한 말이 생각나 간단한 계획이라도 짜 보려고 종이와 펜을 꺼냈다. 펜을 쥐고 계획을 짜보려고 했는데, 하얀 종이만 멍하니 쳐다볼 뿐 뭘 쓰지를 못하겠다. 도대체 나는 할 줄 아는 게 뭐지? 계획마저 못 짜면 오늘 공부는 고사하고 시험공부 자체를 못한다. 어떡할까 고민하다가 결국 엄마에게 갔다.

"엄마, 이거 계획 어떻게 짜야 해?"
"어휴, 이리 줘봐."

엄마는 방금 대충 끄적여놓은 종이를 스윽 보시더니 계획 짜기 강의를 시작하셨다.

"우선 과목별로 우선순위를 정하고, 얼마나 남았는지 언제 얼마 동안 할지 다 써놔. 그리고 기출문제도 과목별로 몇 개 풀지 정해놓고, 언제 풀지 달력에다 메모해 봐. 기출문제 사이트는 엄마가 충전해놨으니까 알아서 뽑아. 뽑는 법은 알지?"

마치 내가 질문을 할 때만 기다렸다는 듯이 방법을 알려주시는 엄마를 보고 순간 굉장히 존경스러웠다. 아까 말다툼했을 때 생겼던 악감정이 사르르 녹았다. 그 자리에 앉아서 엄마와 같이 계획을 대충 세워 보았다. 막상 계획을 세워 보니 생각보다 해야 할 양이 그렇게 많지는 않아서 신기했다.

"이만큼밖에 안되는 거였어요? 한 달 치는 되는 줄 알았는데."
"이래서 계획이 중요한 거야. 앞으로는 뭘 하든 계획부터 짜고 해봐."

그날 이후로 나는 계획에 대한 반감이 조금은 사라졌다. 다시 방으로 와서 방금 짠 오늘치 분량을 확인하고, 빨리 해치워야겠다고 다짐하며 하기 시작했다. 그렇게 절반쯤 하고 있을 무렵, 기현이한테 같이 스터디카페에 가자고 연락이 왔다. 순간 가지 말까 고민했지만, 어쨌든 공부한다는 건 변하지 않으니 상관없다고 생각했다.

역시 괜히 온 것 같다. 공부가 전혀 되지 않고 있다. 이럴 거면 차라리 놀기라도 할걸. 김기현 이 녀석은 하라는 공부는 안 하고 낙서만 하고 있다. 그런데 문제집 귀퉁이에 무언갈 써서 나에게 보여주더니 씩 웃었다.

<편의점 갈래?>

낙서를 한 게 아니라 이걸 쓴 거구만. 안 그래도 출출했던지라 바로 승낙했다.

"공부는 잘 돼 가냐?"

"잘 되겠냐? 옆에서 계속 사각거리는데."

"진짜 집중이 안 돼도 너무 안 된다. 도저히 내용이 눈에 안 들어와. 수업 시간에 잠 좀 자지 말걸. 배운 내용인지도 모르겠어."

"그러게, 수업 좀 잘 듣지. 수업만 잘 들어도 반은 간다고 했잖아."

"그게 말처럼 쉽냐."

다들 시험 기간이라서 많이 힘든가 보다. 하긴, 나도 체념하고 오늘 공부 끝낼 뻔하기는 했다. 다들 왜 이렇게 공부를 열심히 하는지 궁금해졌지만 당장 나도 아무 생각 없이 열심히 하고 있으니 다른 애들도 그러려니 했다. 그렇게 잡담만 실컷 나누고 헤어졌다. 결국 공부라고 할 만한 건 거의 못 한 것 같지만, 그래도 어쨌거나 재미있었다. 바쁜 일상에 쉼표는 있어야지 하고 자기합리화를 했다.

시험의 마지막 교시의 끝을 알리는 종이 울렸다. 어떻게 했는지는 기억도 안 나지만, 나름으로 열심히 치렀던 것 같다. 그래도 할 수 있는 만큼 최선을 다한 것 같다. 시험을 위해 몇 주 동안 공부한 게 주마등처럼 스쳐 지나갔다. 문제집 몇 권을 겨우 끝낸 일, 스터디카페에서 실컷 놀기만 하고 온 일, 시험 전날 긴장해서 제대로 잠도 못 잔 일들이 차례대로 떠올랐다.

느낌표

학원 강사가 된 지 벌써 3년 차. 이제 이 생활도 제법 익숙해졌다. 평소처럼 질문 게시판을 둘러보고 있는데, 특이한 질문 하나가 눈에 띄었다.

"선생님도 슬럼프를 겪어 본 적이 있으신가요? 만약 겪어보셨다면 어떻게 극복하셨나요?"

34. 같은 시간, 다른 세상

오랜만에 꽤 진지한 질문이 들어왔다. 막 강사를 준비할 때를 생각하면서 대답을 정성스레 작성했다.

"그럼요, 당연히 있죠. 임용고시를 포기하고 학원 강사를 준비하면서 많이 혼란스러웠어요. 내가 가야 하는 길이 이게 맞나, 지금까지 잘해온 건가, 하면서 계속 고민했어요. 그런데 제가 굳이 그런 걸 생각해야 하나 하는 생각이 들기 시작하면서부터는 과거에 얽매여 살지 않기로 했어요. 우리는 현재에 살고 있는데, 과거를 자꾸 신경 쓸 필요는 없잖아요? 지금 해야 하는 일에 집중하다 보면 어느새 슬럼프가 지나가 있을 거예요. 응원합니다."

최대한 열심히 장문의 대답을 작성했다. 보내기 버튼을 누르면서 그때를 떠올렸다. 고군분투하던 나날들이 떠올랐다. 생각해보면 그때는 슬럼프인지도 모르고 그냥 열심히만 살았던 것 같다. 그렇게 살아올 수 있었던 데는 엄마의 도움이 컸던 것 같다. 그때 엄마가 해준 말이 아니었다면, 지금 이 자리에 올 수도 없었을 것이다.

오늘은 부모님 컴퓨터도 손봐드릴 겸 본가에 들렀다. 본가가 천

안에 있어서 기차를 타야 했다. 기차에 타서 창밖을 보며 부모님 생각을 했다. 본가에 마지막으로 온 지 2년이나 됐다. 워낙 바쁘기도 했지만 그래도 너무 오랫동안 안 온 것 같아 죄송했다. 얼마나 변했을까 생각하고 있었는데 기차가 천안역에 도착했다. 기차에서 내려 주차장으로 갔다. 그곳에 엄마께서 기다리고 계셨다. 바로 문을 열고 뒷좌석에 탔다.

"잘 지내셨어요? 그런데 아빠는요?"
"우리야 별일 없이 잘 있었지. 아빠는 오늘도 일하러 가셨어."
"모처럼 내려왔는데 아쉽다. 아빠는 여전히 일에는 진심이시네요."

아빠는 못 봐서 아쉬운 마음도 잠깐, 그간 있었던 일들로 수다를 떨다 보니 어느새 거의 다 와 갔다. 익숙한 건물들 너머로 커다란 뒷산이 보였다. 어쩐지 우리 집 풍경은 2년 전과 바뀐 게 없어 보였다. 집에 도착해 현관문을 열고 들어갔다. TV도, 소파도, 탁자도 그대로였다. 바뀐 거라고는 엄마 얼굴에 패인 주름 개수뿐이었다. 소파에 편하게 앉아서 창밖을 멍하니 쳐다봤다. 전에 왔을 때와 믿을 수 없을 만큼 똑같은 풍경이었다. 보도블록 사이를 비집고 나와 있는 민들레, 여전히 인기 많은 놀이터. 아무튼

우선 부모님 컴퓨터부터 봐 드렸다. 다행히 별문제는 없어서 금방 끝났다. 늦은 점심을 먹고 커피를 마시며 차에서 못다 한 이야기를 나눴다. 그러다가 우연히 임용고시 얘기가 나왔다.

"그나저나 어때, 임용고시 준비는 수월하게 잘 돼 가고 있니?"
"수월하진 않지만, 열심히는 하고 있어요."
"그래. 열심히 하고, 조만간 좋은 소식 기대할게."

순간 마음이 울컥했다. 엄마는 나를 믿고 이렇게 응원해주고 계시는데, 아직도 거짓말을 하는 내가 부끄러웠다. 하지만, 말하면 엄마가 실망하시지 않을까. 아예 기대를 버리실지도 모른다. 짧지만 긴 시간 동안 내 머릿속에서 수많은 생각이 요동쳤다. 내 표정이 점점 굳어지는 걸 본 엄마가 조심스레 물어보셨다.

"혹시 어디 아프니?"
"아뇨, 괜찮아요."
"그래? 혹시 어디 아프면 바로 말해."
"엄마, 저 그게……."

나는 결국 사실대로 말씀을 드리기로 마음을 굳혔다.

"저 사실 임용고시 준비 안 하고 있어요."

"뭐?"

"저번에 임용고시에서 떨어져서 이 길은 내가 갈 길이 아닌 것 같아서 결국 포기했어요. 거짓말해서 죄송해요."

나는 사실대로 다 털어놓았다. 임용고시에 떨어져서 학원 강사에 도전하고 있다고 했고, 전혀 힘들지 않으니 걱정하지 말라는 말도 덧붙였다. 내 이야기를 들으시던 엄마의 표정이 오히려 점점 풀어지셨다. 이야기를 끝내고 마지막까지 죄송하다고 거듭 용서를 구하는데, 듣고만 계시던 엄마가 입을 여셨다.

"많이 힘들었겠네. 늦지 않게 방향을 틀어서 오히려 다행이다. 학원 강사도 충분히 좋은 직업이니까 엄마는 상관없어. 공부하다가 힘들면 연락해."

"고마워요."

목이 메어서 감사하다는 말밖에 못 해 드렸다. 실망하지 않고 되레 내 마음을 이해해주시는 엄마를 보고는 가슴이 찡했다. 이럴 줄 알았으면 좀 더 일찍 말할걸. 앞으로는 사실대로 말씀드려야겠다. 마음이 후련해지면서 저절로 미소가 번졌다.

오랜만에 엄마가 해주신 저녁밥까지 먹고 집으로 가는 기차를 타기 위해 나갈 채비를 했다.

"이왕 온 김에 그냥 자고 가지."
"저도 그러고 싶은데 요즘 바빠서 아쉽게도 오늘은 안될 것 같아요. 다음에는 꼭 자고 갈게요."

엄마는 점심에 왔다가 저녁에 가는 나를 보고 아쉬움을 감추지 못하셨다. 그렇게 집을 나서는데, 엄마가 마지막으로 말을 건네셨다.

"공부하다가 힘들면 꼭 연락해. 임용고시는 떨어졌어도 학원 강사는 할 수 있을 거야. 좋은 소식 기대한다."
"네. 걱정하지 마세요. 이번에는 진짜로 좋은 소식 전해 드릴게요. 그럼 다음에 봐요."

마지막으로 인사를 드리고 현관문을 나섰다. 기차역에 도착해서 기차를 타고 집으로 갔다. 집으로 오는 기차 안에서 오늘 엄마와 나눴던 이야기를 다시 떠올렸다. 엄마를 생각하니 다시 울컥해졌다. 그래도 항상 가슴에 담아두고만 있던 이야기를 시원

하게 뱉어내고 오니 올 때보다 훨씬 몸이 가벼워진 느낌이 들었다. 항상 곁에서 응원해 주시는 부모님을 위해서라도 더 열심히 공부에 매진해야겠다.

며칠 전에 답글 달아 줬던 학생에게서 다시 답장이 왔다. 반은 걱정되고 반은 설레는 마음으로 답장을 확인했다.

"답변 정말 감사해요. 시험 기간이라서 많이 힘들어하고 있었는데 선생님 강의를 듣다가 문득 선생님도 나처럼 힘드셨던 적이 있으실까 하는 궁금증이 생겨서 그냥 끄적여본 질문에 이렇게 정성스럽게 답변해 주실 줄은 몰랐어요. 덕분에 지금은 많이 나아졌고 시험 성적도 나쁘지 않게 나왔어요. 항상 좋은 강의와 답변 감사합니다."

최대한 열심히 써서 보낸 답변이었지만 과연 내 답변이 학생에게 도움이 될지는 확신하지 못하고 있었는데, 이렇게 고마워 하는 걸 보니 저절로 힘이 났다. 학원 강사 하기를 잘했다는 생각이 들며 뿌듯해졌다. 당연히 나도 그 학생처럼 한창 방황하고 예민했던 시기가 있었고, 그때 느꼈던 감정을 솔직하게 적은 것뿐인데 감사하게 생각해 주시니 내가 더 감사했다.

생각해 보면 내가 방황하고 예민하게 굴었던 시기는 열일곱 살 때 같다. 취업 문제로 고민하던 스물일곱 살 때도 열일곱 살 때의 나를 생각하면서 버텼었고, 며칠 전에 답변을 할 때도 그때 생각을 하면서 썼다. 그만큼 그때가 내 인생에서 상당히 중요한 전환점이었다. 물론 열일곱 살 때의 나는 지금의 내가 엄청 힘들고 머리 아픈 상태라고 생각했을 것이고, 미래의 나에게 얼마나 값진 경험이 될지 생각지도 못했을 것이다. 그래도 그때 이 악물고 어떻게든 버티며 나아가준 덕분에 지금 내 삶의 원동력이 될 수 있었다. 지금 내가 힘든 것은 미래의 내가 딛고 올라갈 발판을 쌓는 작업이라고 생각한다. 공든 탑과 공든 발판은 절대 쉽게 무너지지 않는다.

열일곱 살에도, 스물일곱 살에도 나는 항상 같은 고민을 해왔던 것 같다. 항상 내가 가는 길이 맞는지, 지금이라도 바꿔야 하는지 고민했고, 심지어 비교적 안정적인 직업을 얻은 지금도 종종 같은 고민을 한다. 하지만 내가 이런 고민을 하면서도 확신을 하고 나아갈 수 있는 건 결국 그동안 내가 고민하면서도 꾸준히 밀고 나간 덕분이라고 생각한다. 물론 중간에 내가 가는 길이 바뀐 적도 있지만, 그래도 뚝심 있게 잘 가줘서 지금까지 올 수 있었던 것이라 믿는다. 힘들 때도 많았고, 휘청이던 때도 많았지만, 그런 불안불안한 상태의 나를 묵묵히 받쳐주시던 부모님과 쓰러지지 않으려 있는 힘을 다해 버틴 나에게 늦게나마 감사의 말을 전하고 싶다.

the Author's Note

이건우

다들 한 번쯤은 미래에 관해 고민해 본 적이 있을 것이다. 나 역시 그랬고, 처음엔 이 글을 쓰는 것에 대해 크게 걱정하지 않았다. 그러나 글을 쓰는 과정에서 예상치 못한 변수들이 발생했고, 생각지도 못한 많은 어려움에 부딪혔다.

<물음표>에서는 아직 경험해보지도 못한 스물일곱의 정한이, 즉 나를 상상하는 데 많은 어려움이 있었다. 하지만 이제 막 어른이 되어가기 시작하는 시점인 열일곱과 이제 막 사회생활을 시작하는 시점인 스물일곱. 이 둘 사이에는 분명 묘한 공통점이 있다고 생각했고, 그 결과 스물일곱의 정한이를 그려낼 수 있었다.

<도돌이표>에서는 한창 몸과 마음이 급격하게 변화하고 있을 시기인 사춘기, 그중에서도 가장 예민하기로 유명한 열일곱의 정한이를 구상하는 데도 적잖이 힘들었다. 이

글을 쓰고 있는 내가 열다섯이지만, 막상 청소년기의 깊은 내면을 표현하려고 하니 내 필력으로는 표현하지 못한 부분이 많았다. 글을 쓰면서도 지금의 나와 내 친구들을 생각하며 최대한 우리들의 특징들을 녹여내려고 노력했고, 그 결과 열일곱의 정한이를 그려낼 수 있었다.

<느낌표>에서는 유명한 강사로 성장한 정한이가 자신의 과거를 돌아보며, 과거의 자신에게서 가르침을 얻는 모습을 그렸다. 자신의 성공 뒤에 있는, 주변인들의 도움과 무엇보다 과거 자신이 했던 방황들을 다시 회상하며 그러한 방황들의 가치를 깨닫는다. 그리고 여태까지 고생한 자신과 자신을 뒤에서 받쳐준 부모님, 그리고 그 외의 소중한 사람들에게 감사하며 이야기의 막을 내렸다.

물음표와 도돌이표, 느낌표의 정한이는 나이가 모두 다르고, 처해있는 상황도 갖기 다르지만, 모두 비슷한 고민을 하고 있다. 그러한 점에서 묘한 닮은 점을 찾아냈고, 하나의 글로 엮어낼 수 있었다.

사실 이 글을 처음 쓰기로 했을 때 꽤 어렵지 않을 거로 생각했다. 그러나 써갈수록 어려워지는 글의 전개에 더욱 신중해졌고, 여러 번 수정을 반복했다. 이렇게 위태로운 나를 묵묵히 지켜봐 주시고 글에 대한 피드백을 아끼지 않아 주신 부모님과 선생님께 감사의 말씀으로 이 글의 마지막을 장식하고 싶다.

항상 믿어주시고, 끊임없이 응원해 주셔서 감사합니다.

김시호

책읽기와 수학을 좋아하는 중학교 1학년. 랩을 듣는 것을 굉장히 좋아함. 장래희망은 Cybersecurity specialist.

<MBTI=INTP>

하룻밤이 지나면

여름밤의 꿈

꿈에서 깨면

돌아오는 밤

김리호

내성적이고 차분하며 집중력이 좋다. 가끔 무언가에 집중하면 주변의 소리를 듣지 못한다. 평소에는 말이 많은 편은 아닌데, 가끔 마음이 잘 맞는 친구들과 있거나 재밌는 주제가 있을 때는 굉장히 수다스럽다. 상상력이 풍부한 편이다. 어릴 때부터 미국 애니메이션을 좋아해서 자연스럽게 영어를 잘하게 되었고, 외국인 친구들과 자주 온라인 게임을 즐긴다.

일어나 보니 벌써 7시 반. 피곤했는지 알람 소리도 듣지 못한 채 늦잠을 자 버렸다. 간단히 먹고 나가려 했지만, 생일날 아침에는 꼭 미역국을 먹어야 한다는 엄마 때문에 미역국에 밥을 말아서 후다닥 먹고 집을 나섰다.

2023년 6월 27일. 오늘은 내 생일이다. 날씨가 좋다. 해가 쨍쨍해서 좀 덥긴 했지만, 어제 비가 내려서 그런지 공기가 맑았다. 예전엔 사계절이 있었는데 요즘은 두계절이 사라져버린 것 같다. 이게 다 온난화 때문이다. 어쨌든 기분은 꽤 괜찮았다. 도로는 출근하는 차들로 붐비고, 새들과 곤충들이 노래하고 있다. 내 생일 축하 노래를 불러주는 중인가. 엉뚱한 상상에 피식 웃음이 난다. 간밤의 비로 길가 가로수들이 아주 깨끗한 초록색을 띤다. 자연이 주는 초록색이 좋다. 초록 초록한 것을 보고 있으면 눈도 편안하고 마음도 상쾌해진다. 학교에 가지 않고 계속 걷고 싶다는 생각이 잠시 들었다. 앗! 이런저런 생각을 하며 걷다가 실수로 물웅덩이를 디딜 뻔했다.

그래도 평소보다 약간 빨리 걸었더니 늦기 전에 학교에 도착할 수 있었다.

여름밤의 꿈

"야, 김리호! 또 도서관 갔다 오냐?"

쉬는 시간이 되어 복도를 돌아다니고 있었는데 누가 나를 불렀다. 정민이였다. 정민이와는 중학교 1학년 때 아는 친구를 통해 만났는데, 서로 잘 통해서 급속도로 친해졌다. (현재 같은 반 아님. 안경을 낌. 반에서 제일 키가 큼. 공부를 잘하고 운동도 잘하는 전형적인 엄친아 스타

일. 역사와 영어를 굉장히 잘하는 친구. 성격도 활발해서 반에서 꽤 인기가 있는 편.)

"어, 정민. 너 이번에 새로 나온 게임 샀냐?"
"당연하지, 그걸 어떻게 안 사냐? 너는?"
"사려고 했는데 시간이 없어서 내일 사려고."
"아, 그래."
"그런데 너 오늘 게임 가능? 어제 하던 것 마저 하게"
"아, 미안. 나 오늘 약속 있어."
"그럼 언제?"
"아마 모레?"
"어, 종 치겠다. ㅂㅇ."
"ㅂㅇ."

학교가 끝난 뒤 집에 들렀다 학원에 가려고 차를 기다리는데, 멀리서 승민이가 뛰어왔다. 승민이와는 초등학교 4학년 때부터 알고 지냈는데, 정민이만큼은 아니지만 그래도 꽤 친한 친구다. (키는 중간 정도. 공부는 잘하는 편이지만 운동은 못함. 역사를 좋아함. 피부는 하얗고 얼굴이 둥금. 착하지만 약간 허당끼가 있어 친구들에게 자주 웃음을 줌) 안타깝게도 중학교에 가면서 많은 시간을 같이 보내진 못하지만, 그래도 같은 학원에 다닌다.

"와 늦는 줄."
"넌 학교도 일찍 마치는 날인데 왜 늦은 거냐?"
"아니 나 학원 오늘 쉬는 줄 알았음."
"진짜?"
"어."
"ㅋㅋ, 너 오늘 끝나고 게임 가능?"
"미안, 나 오늘 어디 가야됨."
"아, ㅇㅋ."

오늘 뭐야. 다들 바쁘군.

"야, 차왔다. 빨리 타자."
"ㅇㅋ."

학원에서 돌아왔을 땐 아홉 시였다. 이번 생일도 똑같네, 그래도 엄마가 케이크는 준비해 뒀겠지.

문을 열고 들어오자마자 누군가 이렇게 외쳤다.

"생일 축하해!"

깜짝 놀라서 보니 정민이랑 승민이가 있었다.

"야! 뭐야. 너희들 어떻게 왔어? 아깐 다들 바쁘다더니 설마 너희 이거 때문에 그런 거야?"

그래도 이렇게 와주니 기분이 참 좋았다. 친구들은 케이크에 촛불을 붙이고 다 같이 축하 노래도 불러주었다. 뭔지 모를 쑥스러움에 초를 그냥 불어 버렸다.

"야! 소원 빌어야지!"

승민이가 소원을 안 빌었다고 짜증을 냈다. 나는 피식하고 웃어 버렸다.

"모두 축하해줘서 너무 고마워. BFF"
"Best Friends Forever!"

다 같이 케이크를 먹는데 정민이는 먹지 않았다. 다이어트 중이라나 뭐라나. 이 맛있는 걸 안 먹는다니!

우린 계속 생일 파티를 이어갔다. 다 함께 새로 나온 게임 얘기를 하며 즐겁게 놀았다. 엄마가 바로 구워주신 쿠키도 함께 먹었다.

생일 파티가 끝난 뒤 친구들은 집으로 돌아가고 나는 방에 들어와 선물들을 뜯어보았다. 선물은 총 세 개였는데, 첫 번째 선물은 정민이가 준 추리소설 세 권, 두 번째 선물은 승민이가 준 포켓몬 카드 한 상자, 세 번째 선물은 엄마가 준비한 직소 퍼즐이었다. 포켓몬 카드를 수집 중인데 마침 나한테 없던 카드가 나왔다. 이로써 이번 세트는 완성이다. 처음에는 친구들이 모으길래 조금씩 모으기 시작했는데, 지금은 꽤나 진심이다. 어쨌든 선물을 받으니 기분이 좋다.

그런데 일어나려고 하는 순간, 처음에는 보지 못했던 선물 하나가 내 눈에 들어왔다. 은색 포장지에 붉은 리본으로 묶어진 작은 상자였다. 뭐지? 호기심 반, 기대 반으로 포장을 뜯어보았다.

그 안에는 오래된 은색 시계 하나가 들어 있었다. 태엽 시계네. 누가 준 선물이지? 마치 오래된 역사 영화나 박물관에서나 본 것 같은 그런 시계였다. 시계 침들도 멈춰 있었고, 유리가 깨진 것으로 봐선 고장 난 것처럼 보였다. 시계의 옆면에는 금빛으로 이렇게 쓰여 있었다.

<KW-1/SK>

나는 천천히 태엽을 돌려보았다.

"탁. 탁. 탁. 탁."

태엽을 돌릴 때마다 작고 규칙적인 소리가 났다. 하지만 몇 번 더 반복하니 더는 돌아가지 않았다.

뭐야. 누가 이런 걸 나한테 줬지? 이상한 기분이 들었지만, 친구 중 하나가 장난친 것 같아 대수롭지 않게 생각했다. 이내 그 시계에는 흥미가 떨어져 침대 옆에 툭 던져놓고 잠을 청했다. 피곤하기도 했고, 나는 사실 쉽게 잠이 드는 편이라 바로 잠이 쏟아졌다. 그런데 잠들기 직전,

희미하게 소리가 들렸다.

"탁!"

얼마나 시간이 지났을까? 나는 <탁, 탁!>거리는 소리에 잠을 깼다. 일어나서 보니 내 손에는 시계가 들려 있었고, 시계 침들도 움직이고 있었다. 그런데 뭔가 이상하다. 시침은 반시계방향, 분침은 시계방향으로 돌고 있는 게 아닌가. 시계는 약간 붉은 빛을 띠고 있었는데, 깨진 부분은……. 나는 내 눈을 의심했다. 깨진 부분에서 피가 나고 있었기 때문이다.

나는 갑자기 공포에 사로잡혔다. 오싹한 기분이 온몸으로 퍼지는 기분이었다. 지금 이거……. 꿈인가. 꿈에서 깨면 그만이겠지. 나는 가끔 말도 안 되는 꿈을 꾸니까. 그래 꿈일 거야. 가끔은 꿈속에서 또 꿈을 꾸기도 한다. 깨어나서 아 꿈이었구나 안심했다가도 뭔가 이상할 때가 있다. 일어난 그 순간이 또 꿈속이고 꿈속에 또 꿈, 꿈속에 또 꿈, 뭔가 꿈속에 갇혀 버린 그런 기분. 하지만 지금은 아니다. 내 손에 아직 시계가 들려 있었고, 나는 학교 안에 있었다.

"어, 어, 어……."

나는 잠시 정신을 잃었다. 눈을 떠보니 어딘지 모를 어두운 공간에 나 혼자 있었다. 여전히 시계를 손에 꼭 쥔 채로. 여긴 어디지? 갑자기 시계가 떨리기 시작하더니 붉은 구름이 하늘을 가렸다. 시계의 탁탁거리는 소리는 붉은 구름에서 나는 것 같은 천둥소리로 바뀌었다.

갑자기 나는 일곱 명의 아이들과 함께 3학년 교실 한 귀퉁이에 있었다. 나는 내 시야 밖의 무언가를 보려고 고개를 돌리는데, 순간 장면이 싹 바뀌었다.

나는 다시 고등학교에 있었다. 거기서 나는 선생님으로 보이는 누군가와 대화하고 있었는데, 무슨 내용이었는지는 잘 기억나지 않는다. 계속해서 장면이 바뀌었다. 너무 빨리 장면들이 바뀌어서 나는 눈이 휘둥그레졌다.

갑자기 나는 대학에서 하얀 공책에 내 장래에 대해 적고 있었다. 이 장면들이 너무나 생생해서 마치 내 몸에서 나와 그 안으로 들어갈 수 있을 것만 같았다. 다시 한 번 나는 내 손 안에 있는 시계가 강하게 떨리는 것을 느낄 수 있었다. 시계에서 나는 천둥과도 같은 소리는 점점 더 커지고 더 커졌다. 나는 더 이상 내 주변에 있는 그 무엇도 보거나 들을 수 없었다.

마치 시간이 멈춘 것처럼 모든 게 사라지고 있었다. 갑자기, 나는 앞에서 희미한 빛을 보았다. 나는 천천히 그 빛을 향해 다가갔다. 그리고 그 빛에 다다랐을 때…….

나는 잠에서 깼다. 휴, 진짜 꿈이었나. 일어나서 주변을 둘러보는데 어딘가 이상했다. 무언가 달랐다. 바닥은 대리석으로 되어 있고, 벽과 천장은 하얀색이었다. 내 침대도 전보다 더 크고 높았다. 침대에서 일어나서 나오며 나는 방과 침대, 옷을 포함해 모든 게 바뀌었다는 것을 알았다.

그리고 거울을 보는데 나는 너무 놀라 뒷걸음질을 쳤다. 분명 내가 맞는데 내가 아니었다. 거울 속에 나는 전보다 더 키가 커졌고, 얼굴도 달라졌다.

이게 뭔⋯⋯. 아직 꿈인건가. 나는 내 전화기를 찾아 날짜를 보았다.

<2033년 6월 27일>

꿈에서 깨면

뭐지? 설마 또 꿈인가. 아닌데? 분명 난 어제 생일 파티를 했는데? 아니지. 내 생일은 오늘이잖아. 그럼 나는 십 년 뒤로 온 건가? 하지만 지난 십 년 동안이 전부 기억나는걸. 미래로 왔는데 아닌 것 같은 이 기분은 뭐지?

조금 혼란스럽기는 했지만, 그래도 기억이 온전한 것들을 정리해 보니 이랬다.

나는 이제 막 대학을 졸업하고 정민이와 함께 <YS security:YSS>에 입사한 신입 Cybersecurity specialist다. 입사한 지는 얼마 안 됐지만 꽤 익숙해졌다.

운동은 일주일에 두세 번 적당히 하고, 남는 시간에는 책을 읽거나 게임을 한다. 정민이와는 자주 게임도 하고 놀지만, 승민이는 프랑스에 있는 대학교에서 역사학을 전공하고 있어서 자주 같이 어울리지 못한다.

다른 건 잘 기억이 나지 않지만, 십 년이라는 시간이 지나도 입맛은 안 변했는지 집 옆의 커피숍에서 복숭아 아이스티 한 잔을 take-out 한 후, 내가 일하는 회사로 향했다.

회사에 도착해 내가 일하는 곳으로 가자 정민이가 먼저 도착해 일하고 있었다.

"안녕."
"안녕, 오늘은 조금 늦었네?"
"어, 좀 일이 있어서."

"야!"

"어?"

"전부터 궁금했던 건데 넌 어떻게 하루도 빠짐없이 복숭아 아이스티를 마시냐?"

"너도 자주 마시잖아."

"야 너처럼 매일은 안 마셔."

"그래도 맛있잖아."

"그건 그래."

최근 들어온 신입사원들의 기량을 보기 위해 회사에서 만든 프로그램의 보안망을 만드는 프로젝트를 하고 있다.

"오늘이 프로젝트 마지막 날인가?"

"그렇지."

"잘 되겠지?"

"해보지 않으면 모르지. 그럼 시작해 볼까?"

"그래."

그렇게 일을 시작한 지 4시간이 지났다.

"휴, 힘들다. 나 물 좀 마시고 올게."

"그럼 나도 잠깐만 쉬어야겠다."

물을 마시고 돌아오는데 누군가가 내 자리에 앉아있는
게 보였다. 옷을 보니 정민이는 아닌데, 누구지?

"저기요!"

내가 소리치자 그 사람은 놀라 도망쳤다.

"거기 서!"

"앗!"

그 사람을 쫓아 코너를 돌다가 그만 돌아오던 정민이와
부딪혔다.

"이번엔 너냐?"

"어?"

"좀 전에도 누가 나한테 달려와서 부딪……."

"누군지 봤어?"

갑자기 달렸더니 숨이 차서 평소보다 큰 목소리로 말했다.

"아니, 왜?"
"그 사람이 좀 전에 내 자리에 앉아있었어. 그래서 쫓고 있었는데 아무래도 놓친 것 같네."
"뭘 하고 있었는데?"

정민이 눈이 동그래졌다.

"그건 못 봤어."
"한번 확인해 보자."

정민이와 함께 자리로 돌아가서 컴퓨터를 확인해 보았다.

"이런!"
"왜?"
"그 사람이 내 컴퓨터에서 뭔가 빼 간 거 같아."
"뭘 빼 갔는데?"

"그건 모르지."

"뭐?"

"아니, 그냥 느낌이 그래. 뭐, 그 사람을 찾으면 알게 되겠지. 6층에 보안실이 있으니까 가서 확인해 보자."

우린 엘리베이터를 타고 6층으로 갔다. 엘리베이터에서 내리자마자 우리는 급히 달려오고 있는 회사 선배를 마주쳤다. 달려오는 선배의 모습이 굉장히 급해 보였다.

"선배, 안녕하세요?"

"어, 안녕."

숨을 헐떡이며 선배가 대꾸했다.

"그런데 어딜 그리 급하게 가세요?"

"아, 내가 사무실에서 쉬고 있었거든. 13층에 근무하는 독일 여성분한테 메일이 왔는데 컴퓨터에 불이 났다는 거야. 잘못 번역된 거라고 생각하고 안 가봤거든. (우리 회사가 다국적 기업이라 어떤 언어로 이야기하든 자동 번역이 되는 시스템이라 오류로 종종 일어나는 일이다.)

근데 또 긴급 메세지가 오는 거야. 혹시 몰라서 한 번 가 봤는데 진짜 불이 난 거야. 그래서 얼른 불을 끄고 어떻게 된 일인가 봤더니, 글쎄 누가 몇 개월 전에 컴퓨터에서 나는 소리가 너무 시끄럽다고 팬이랑 연결된 와이어를 자르고 봉합을 안 해서 스파크가 튀어서 컴퓨터에 불이 난 거더라고. 그런데 그게 누구였는지 기억을 잘 못하셔서 확인하러 가는 길이야. 너희는?"

"아, 누가 얘 컴퓨터에서 뭘 빼 가서 누군지 확인하러 가고 있었어요."

"아, 그래? 회사 적응은 잘 하고 있는 거지?"

"네, 어느 정도는요."

"그래, 그런데 요즘에는 뭐 하니? 너희도 그 프로젝트 해?"

"네, 그런데 잘 모르겠어요. 잘하고 있는 건지."

"원래 처음엔 다 그래. 그리고 잘하지 못하면 하면서 배우면 되지. 처음에는 잘 못하던 사람들도 시간이 지나니까 잘 하게 되더라고. 금방 좋아질 거야."

"네."

"아, 그리고 솔직히 말해서 최근에 입사한 사람 중에 너희보다 잘하는 사람은 없었어."

"그래요?"

"어. 그러니까 그런 부담 갖지 말고 계속 열심히 해봐."

"네, 감사해요, 선배."

보안실에 도착해 함께 안으로 들어갔다. 처음 가보는 보안실이다. 안쪽으로는 보안 관련 기업답게 보안요원들이 수십 명은 되어 보였다.

"어서 오세요. 무슨 일로 오셨어요?"

우리는 상황을 설명하고 복도 CCTV 확인을 요청했다.

"15분쯤 전에 이 친구랑 17층에 3번 복도 앞에서 부딪힌 사람이에요. 너무 갑자기 일어난 일이라서 무슨 옷을 입고 있었는지는 기억이 안 나요. 같이 확인해 볼 수 있을까요?"

"네, 물론이죠."

조금 전 일어난 일이라 그를 찾는 건 그렇게 힘들지 않았다.

"어, 저기! 검은색 셔츠를 입고 있는 저 남자예요!"

"저 사람은?"

"우리 회사 직원인가요? 아니면 외부인?"

보안요원이 그 사람의 얼굴을 확대해 직원 data에 매칭을 해본다.

"아, 이분은 <H team> 신입사원이시네요."

"뭐라고요?!"

정민이와 나는 할 말을 잃었다.

"<H team>이면 이번 프로젝트 경쟁하는 팀 중 하나잖아."

"어서 가보자."

<H team> 앞에서 그 사람과 딱 마주쳤다. 마치 우리를 기다리고 있었던 것처럼.

"저기, 너무 미안해요."

그의 얼굴은 토마토처럼 빨갛게 변했다. 우리는 휴게실로 같이 갔다.

"도대체 뭘 가져간 거예요?"

"이번 프로젝트. 아니, 처음부터 가져가려고 작정했던 건 아니고요. 사람들이 그 팀에서 만든 게 엄청 완성도가 높다고 하더라고요. 정보 좀 요청하려고 며칠 전부터 몇 번이나 찾아갔었는데, 막상 입이 떨어지지 않더라고요. 가보니 아무도 없길래 그냥 한번 확인만 하려고 했는데. 너무 잘 완성된 프로젝트를 보니 나도 모르게 그만. 가로챌 마음은 없었어요. 그냥 참고만 하려고 했는데."

정민이가 어이없다는 표정으로 물었다.

"그래도 이건 너무 하지 않아요?"

"너무 촉박한데 아이디어는 안 떠오르고 막막해서. 정말 다 변명이겠지만, 입이 열 개라도 할 말이 없어요. 너무 미안해요. 저도 이것저것 시도해보고 있긴 한데 좀처럼 안 풀리는 부분이 있길래. 그냥 보기만 하려고 했는데. 그런데 보다 보니 참고하면 좋겠다 싶어서 저도 모르게

copy 까지 하게 된 거예요."

"왜 도망친 거예요?"

"너무 놀라서요. 도망치지 말았어야 했는데 지금 이 순간이 너무 부끄럽네요. 이런 부탁은 염치없지만, 회사에는 말 안 하면 안 될까요? 저도 신입이고 어떻게 해야 할지 막막해서."

금방이라도 울음을 터트릴 것 같은 얼굴이다. 정민이와 나는 서로 마주 봤지만 아무 말도 하지 않았다. 정민이가 눈썹을 찡긋해 보였다. 누구나 실수는 하잖아. 그냥 한 번 봐주자는 사인 같았다. 그래. 누구나 실수는 할 수 있지. 어떤 실수를 하든 실수한 뒤에 어떤 태도를 보이느냐에 따라 그 사람의 인생은 결정된다고 생각한다. 이 사람은 그래도 잘못을 반성하고 사과하잖아. 실수했을 때 잘못을 진심으로 뉘우치고 반성하는 사람은 똑같은 실수를 계속 반복하지 않을거라 믿는다. 조금은 멋지게 넘어가 줘야겠다.

"그래요. 더는 문제 삼진 않을게요. 아까 가져간 파일은 돌려주세요. 그리고 이번 프로젝트 때 정정당당하게 페

어플레이합시다."

그는 진심으로 우리에게 고마워 하며 말했다.

"네. 정말 고마워요. 이제 다시는 부끄러운 행동하지 않을 거예요. 파일은 여기 있어요."

USB를 건네주는 그의 손이 살짝 떨리고 있었다. 이 사람도 이번 일로 교훈을 얻었겠지.

돌아오는 밤

식당에 가서 점심을 먹은 뒤 자리로 돌아와서 오전에 하던 프로젝트를 마무리하고 내일 있을 발표 준비까지 다 마쳤다. 정민이랑 거의 둘이서 함께 완성했다. 우리는 손발이 매우 잘 맞다. 함께 할 때 일이 착착 잘 진행된다.

"리호, 마치고 바로 집에 감?"
"아마도. 왜? 같이 저녁 먹을까?"

"아. 난 약속 있어."

"뭐야. 그럼, 왜 물어봤냐?"

"친구가 뭐 하는지 확인했다."

집에 가서 혼자 저녁 먹고 운동 가야지. 나는 어릴 때부터 가만히 앉아있는 것을 좋아했다. 하지만 운동은 해야 하니까. 뭐랄까 운동은 나에게 약간의 의무적인 일이다.

퇴근 후 회사 지하에 있는 마트에 들렀다. 저녁으로 안심 스테이크를 구워 먹어야지. 와! 이거 진짜 맛있어 보인다. 오, 좋은 고기도 샀고. 같이 먹을 채소도 좀 사야지. 어릴 땐 무슨 맛으로 먹는지 도통 알 수 없었던 채소들도 조금 씩 즐기고 있는 나. 이렇게 어른이 되어가는구나. 아 참. 내일 아침 먹을 것도 좀 사야지. 내일은 좀 바쁜 하루가 될 거니까 간단히 셰이크를 좀 살까. 셰이크 진열대 앞에 서 고르고 있는데 누가 나에게 인사를 했다.

"Hey, Liho."

같은 팀에서 일하는 미국인 Steve이다.

"Sup, dude?"

나는 짧은 인사만 건넸다. Steve를 회사 밖에서 보니 그다지 반갑지는 않았다. 그는 일할 때 굉장히 추진력 있고 기발한 생각들로 문제 해결하는 능력이 뛰어나다. 물론 그런 면에서 나도 그를 존경한다. 하지만 Steve와의 만남이 그렇게 기쁘지 않은 이유는 거의 모든 시간 그가 일상 바보이기 때문이다. 천재들이 그렇다고 하던데. 어쩌면 그럴지도 모르겠다. 문제는 거기서 끝나지 않는다는 것이다. 그가 지나가고 나면 언제나 뭔가 문제가 생기기 때문이다.

Steve와 나는 같이 계산대로 갔다. Steve는 파티라도 하는지 뭔가 잔뜩 샀다. 이야기가 길어질까 봐 묻지는 않았다. 나오면서 Steve는 오늘 차가 고장이 나서 택시를 타야 한다며 투덜댔다. 가는 길에 내려주겠다고 했더니 굉장히 행복한 얼굴을 해 보였다. 그래, 사람은 서로 돕고 사는 거지. 엄마가 늘 하시는 말씀이 떠오른다.

Steve를 내려주고 30분쯤 운전해서 아파트 안으로 진입

해서 늘 대던 자리에 주차했다. 주차만 해두면 자동으로 충전이 되니 참 편하다. 10년 전에는 전기차를 충전하는 것이 조금 번거로웠는데. 기술의 발전은 우리 생활을 편리하게 해 준다. 이제 빨리 가서 맛있는 저녁 먹어야지. 교통체증이 심해지기 전에 도착해서 다행이다. 자, 이제 내가 산 맛있는 고기를 차에서 내리고. 고기를? 내려야 하는데. 내 고기. 어디 갔지? 설마 Steve? 그때 Steve에게서 메시지가 왔다. 이미 나는 불길한 예감으로 휩싸였다.

Steve가 팀 단체 카톡으로 메시지를 보냈다. 단체 대화에서는 영어로 대화한다. 그뿐만 아니라 회의나 미팅에 1명의 외국인만 있어도 우리는 영어로 대화해야 한다. International company에서는 흔한 일이다.

그동안 한국의 국제적 입지가 상당히 높아져서 한글을 제2외국어로 사용하는 곳이 많아졌고, 스페인어와 프랑스어를 제치고 영어 다음으로 많이 사용되는 언어가 한국어라는 사실이 한국인으로서 자부심을 느끼게 한다. 그러나 회사에서는 아직까지 영어가 공용어이다. 어쨌든 나는 카톡을 확인했다.

Steve: Hey, Liho. grabbed your bag by accident.

Connor: LOL 😂 that's his dinner, Steve. haha!

Steve: Oh, I'm really sorry.

Liho: Oh. No. My dinner! And breakfast. Well, I don't
have any charge left, and it's too far for me to
drive back during rush hour.

Connor: Gotta cook it for him now Steve LOL 😂

Steve: I'll bring it to the office tomorrow. My bad,
man.

Liho: I don't want you to bring the meat to work.
Just keep it. Bring the breakfast drinks though.

Steve: Okay. I'll bring 'em. I can cook the meat and
put it in tupperware.

Liho: No. Please don't. I was going to cook steak.
But, I don't trust meat more than a day after
buying it.

Steve: I'll buy you lunch tomorrow to make up for it.
Sorry.

Liho: Don't sweat it. These things happen.

Steve가 단체 카톡으로 보내준 덕분에 팀원 20명이 그가 실수로 내 저녁과 아침을 가져간 걸 알게 되었다. 보통은 이런 일은 개인 톡을 사용하는데. 나는 내일 Steve가 점심을 사준다고 하는 것도 그렇게 기쁘지가 않았다. 저번에도 비슷한 실수를 한 Steve가 사과하고 싶다고 나를 데리고 간 식당에서 같이 밥을 먹었는데, 그가 지갑을 가지고 오지 않아서 내가 계산한 적이 있다. 그런 실수가 매우 많으므로 일일이 다 나열하기도 힘들다.

Please, leave me alone. 어쨌든 집에 가서 밥이나 먹어야겠다. 우리집은 85층이다. 엘리베이터 문이 열리고, 복도를 따라 걷는다. 어느 집에서 신나게 놀고 있는 소리가 들린다. 방음이 잘 되는 곳임에도 불구하고 이 정도 소리라면 굉장히 재미있는 일이 있나 보다.

문을 열고 들어오자마자 누군가 이렇게 외쳤다.

"생일 축하해!"

깜짝 놀라서 보니 정민이가 현관 앞에 서 있었다. 어, 승민이도 있다.

"야! 뭐야. 너희들 어떻게 왔어? 한승민! 오랜만이다! 우리 이게 몇 년 만이야?"

"나 프랑스 가고 처음이니까 3년 만이다."

"윤정민! 너 아깐 약속 있다더니?!"

"이게 내 약속이다. BFF 잊었냐?"

"그래, BFF! 축하하러 와줘서 정말 고마워!"

"나 단체 톡 보고 완전히 웃겼다. 내일 회사에 가져온다는 거 보고 빵 터졌다. 근데 어떻게 그걸 들고 내릴 수가 있지? Steve가 저녁 가져가서 뭐 먹으려고 했냐?"

"아, 나 진짜! 단체 톡! Steve가 뭘 잔뜩 샀더라고. 그래서 자기 것인 줄 알았나 봐. 저녁 도둑맞고 나 대충 먹으려고 했는데, 맛있는 거 너무 많잖아!"

내가 좋아하는 한우 안심스테이크(할머니가 부산 철마에서 사서 바로 보내주신 고기), 감바스, 파에야까지. 우리 엄마가 할 수 있는 요리는 다 있었다.

우선 케이크에 불을 붙인 뒤 축하 노래를 불렀다. 기분이 좋아 그만 아무 생각 없이 초를 불어 버렸다.

"야! 소원 빌어야지!"

승민이가 또 소원을 안 빌었다고 짜증을 냈다. 나는 피식하고 웃어 버렸다.

그 뒤 케이크는 잠시 옆으로 제쳐 두고 한우 안심 스테이크를 먹기 시작했다. 오, 역시 고기!너무 맛있다.

케이크까지 다 먹은 후 오랜만에 함께 새로 나온 게임 얘기를 하며 즐겁게 놀았다.

친구들이 돌아간 후에 나는 거실에 있는 선물들을 보았다. 선물은 총 네 개였는데, 첫 번째 선물은 정민이가 준 새로 나온 게임용 컴퓨터, 두 번째 선물은 승민이가 사 온 인공지능 드론, 세 번째 선물은 엄마가 준비한 The Galaxy 직소 퍼즐이었다. 이건 몇 조각이지? 어, 어? 10만 조각? 역시 우리 엄마다. 엄마는 언제나 나에게 도전정신을 강요한다.

생일 파티가 끝난 뒤 친구들은 집으로 돌아가고 나는 다시 한 번 거실에 있는 선물들을 살펴보았다. 그런데 처음에는 보지 못했던 선물 하나가 내 눈에 들어왔다. 은색 포장지에 붉은 리본으로 묶어진 작은 상자. 어? 이거! 그때 그 상자였다. 나는 조심해서 상자를 열었다. 그 안에는 역시나 그 오래된 은색 시계가 들어 있었다.

<KW-1/SK>

"헉! 또?"

the Author's Note

김시호

I have loved reading books since I was young. However, before I wrote this story, I assumed that stories were only written by really talented people. It felt awesome that an ordinary middle school student like me could write a story. My favorite book is Rick Riordan's Percy Jackson, and if I have a chance, I would like to also write a full-length fantasy novel someday.

I struggled to come up with a concept for the story at first, but I eventually decided to write about a boy finding a mysterious watch on his birthday. I spent a lot of time thinking and reworking the story. Although my writing skills are not professional, I wouldn't be surprised if this story became popular because of its unique concept.

I chose to end the story with a cliffhanger because I believe time travel is an inherent mystery. It's something that hasn't, and may never be, fully explained. There are lots of mysteries regarding time travel that may never be solved. We may never be able to actually explore the concept of time travel in a supernatural way. It's possible that our current understanding of time travel as a reality may very well end in a cliffhanger, and that's a theme I wanted represented in my story.

Some people may say the watch in my story is a special magic watch. However, I believe that, in all likelihood, all watches are like magic watches. We use them on a daily basis to help guide us as we travel forward through time. We never know just how much the watch we're carrying will be able to help us or someone else on that journey. That's the beauty of them.

I'll leave you with one last thought: What if I told you that the reason you're able to read this, right now, is because the mysterious watch in my story led you here to this moment in the future, which is now your present, and will soon be your past? We're always traveling forward in time, whether we realize it or not.

Thanks for reading.

저는 어렸을 때부터 책 읽는 것을 정말 좋아했습니다. 하지만, 이 이야기를 쓰기 전에는 책은 정말 재능 있는 사람들만 쓴다고 생각했습니다. 처음에 저는 평범한 중학생이 책을 쓸 수 있다는 것이 정말 신기했습니다. 책을 완성하고 나니 굉장한 뿌듯한 기분이 들었습니다. 제가 가장 좋아하는 책은 Rick Riordan의 Percy Jackson인데, 기회가 된다면 언젠가 그런 장편 판타지 소설도 써보고 싶습니다.

처음에는 이야기의 컨셉을 잡으려고 애썼지만, 결국 한 소년이 생일에 신비로운 시계를 발견하는 이야기를 쓰기로 결심했습니다. 스토리를 구성하고 다시 작업하는 데 많은 시간을 보냈습니다. 비록 제 작문 실력이 전문가 수준은 아니지만, 이 이야기에는 독특한 시간여행이 있기 때문에 인기 소설이 되어도 저는 놀라지 않을 것입니다.

시간여행은 아직 미스터리이기 때문에 저는 이 이야기를 cliffhanger ending으로 끝내기로 했습니다. 제 스토리의 엔딩은 충분히 설명되지 않았고 완벽히 설명될 수도 없을 것입니다. 시간 여행에 관한 많은 미스터리는 절대 풀리지 않을지도 모릅니다. 우리는 초자연적인 방법으로만 가능한 시간 여행의 개념을 완전히 이해하는 것은 힘듭니다.

언젠가 우리 과학자들이 시간여행의 방법에 대해 알아낼 수도 있겠지만 그것을 실현하는 것은 불가능할 것입니다. 그래서 저는 이 책을 cliffhanger ending으로 끝내는 것이 좋겠다고 생각했습니다. 그리고 바로 그것이 제가 제 이야기에서 표현하고 싶었던 주제입니다.

어떤 사람들은 내 이야기에 나오는 시계가 특별한 마법 시계라고 말할지도 모릅니다. 하지만, 저는 모든 시계가 마법의 시계와 같다고 생각합니다. 우리는 우리가 시간 여행을 할 때 우리를 안내하는 것을 돕기 위해 매일 그것들을 사용합니다. 우리는 우리가 가지고 있는 시계가 그 여정에서 누군가를 얼마나 도울 수 있을지 결코 알지 못합니다. 그래서 바로 제가 생각하는 그것들의 아름다움입니다.

마지막으로 한 가지만 더 생각해보겠습니다. 만약 제가 지금 여러분이 이 글을 읽을 수 있는 이유는, 제 이야기에 나오는 신비로운 시계가 여러분을 미래의 이 순간으로 이끌었기 때문이라고 말한다면 어떨까요? 그것은 지금 여러분의 현재이고 곧 여러분의 과거가 될 것입니다. 우리는 항상 시간 여행을 하고 있습니다. 우리가 깨닫지 못하는 이 순간에도.

읽어주셔서 감사합니다.

Thanks to.

내가 무엇을 하든 언제나 나를 믿고 응원해주시는 사랑하는 나의 가족들과 존경하는 김현중선생님, 허진숙선생님, 도현혜선생님, 이연우선생님께도 깊은 감사를 드린다.

Special thanks to.

Joshua

My Best friend and Mentor

My 친구, My 친구

전예솔

2008년 2월 8일생으로 현재 중학교 2학년 전예솔입니다. 어렸을 때부터 그림 그리기를 좋아했고, 이야기를 창작하고 글 쓰는 것을 좋아해 현재의 제 꿈은 웹툰 작가입니다. 좋아하는 곳에는 많은 시간을 할애할 정도로 완벽하게 하는 완벽주의의 성향을 갖고 있습니다.

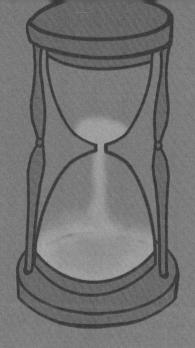

영화같은 이야기

봉변

충돌

나의 정체는?

전예솔(25)

냉철한 성격이지만, 정이 많다. 작가이며, 고양이 두마리를 키우고있다. 좋아하는 것은 노래 듣기. 싫어하는 것은 벌레.

신예인(25)

전예솔의 중학교 동창. 외롭게 혼자 살아가고 있다. 밝은 성격이지만, 사랑하는 사람들을 떠나보내면서 점점 소극적인 성격이 되었다.

프롤로그

"백신 13차 접종하러 오셨나요?"
"아니요, 12차요."

2032년, 지구는 멸망 위기이다.

각종 바이러스, 지구온난화, 운석 충돌, 끝없는 전쟁으로 지구는 조금씩 멸망에 다다르고 있었다. 온갖 이유로 전세계 인구는 엄청난 속도로 줄어들고 있다. 내 친구는 여행을 갔다가 운석에 맞아서 죽었고, 또 다른 친구는 백신 10차를 맞고 열이 끝도 없이 올라 죽었다. 이 세계는 모든 곳이 정말 위험하다.

그리하여 현 정부는 가족이 아닌 타인과의 접촉을 피하라는 강력한 규제를 시작했다.

봉변

식량이 다 떨어져 오랜만에 밖에 나왔다. 우리 동네는 운석 충돌로 인해 폐허가 돼서 사람이 거의 살지 않는 외진 동네다. 본가가 있는 지역은 아직 괜찮지만, 거기도 언제 운석이 떨어질지 모르는 상황이다. 가끔 집으로 돌아가고 싶을 때도 있고, 엄마는 항상 혼자 있는 딸 때문에 걱정이 많다. 하지만, 나는 독립한 후로 아직 아무것도 이룬 것이 없어서 고집스럽게 이 생활을 유지하고 있다. 이

곳은 낮이든 밤이든 핑크빛으로 물들어 있어 마치 게임 속 배경 같다. 비록 지금 상황은 좋지 않지만, 나는 이 풍경이 정말 좋다. 그렇게 한참을 하늘만 바라보았다.

저 멀리서 사람인 듯한 형체가 보였다. 반가운 마음에 혹시나 하고 뛰어가서 보니 진짜 사람이었다.

"저기, 안녕하세요?"
"네. 근데 누구세요?"
"그냥 말 걸어봤어요. 오랜만에 사람을 봐서."
"아, 저도 사람들을 찾아다니고 있었어요. 반가워요."

그녀는 조금 경계를 하면서도 반가운 눈빛을 보냈다.

"이름이 뭐예요?"
"예인이요, 신예인."
"제 옛날 친구도 예인인데. 저는 전예솔이에요."

그녀는 조금 경계를 풀고 나를 바라보며 말했다.

"근데 여긴 왜 나오셨어요?"

"제가 외로움을 많이 타는 성격인데 사람을 본지 오래돼서 같이 놀 친구를 구하는 중이에요. 곧 죽을 수도 있는 인생인데 재밌게 놀다가 죽으면 덜 억울하지 않겠어요?"

"그렇군요. 저는 식량이 떨어져서 나왔어요. 아시겠지만, 식량을 구하려면 멀리 나가야 해서요. 제가 같이 있어 드릴 테니까 식량이 있는 곳을 좀 알려주시면 안 될까요?"

"네, 좋아요! 절 따라오세요. 제가 잘 아는 곳이 있어요."

우린 함께 식량을 구하러 떠났다. 예인은 말이 없었다. 배가 고파서 그런가. 나는 어색한 침묵을 깨려고 나이를 물었다.

"근데 몇 살이세요?"

"전 25살이에요."

"오, 나도 25살인데. 그럼 우리 말 편하게 할까?"

"그래? 좋아."

"휴, 열다섯 살 땐 10년 후에 이렇게 될 줄 몰랐는데."

"그러게. 이럴 줄은 아무도 몰랐지."

"이렇게 가다간 정말 다 죽을 수도 있을 거 같은데."

"괜찮아, 아직 희망은 있어. 아니, 있을 거야······."

정말 지구가 멸망할 수도 있겠다는 두려움과 죽음에 대한 두려움. 우린 온통 그 생각뿐이었다.

"왠지 널 어디서 본 적 있는 것 같은데."
"나도 그래. 왜 익숙하지?"

예인, 예인이라······. 어디서 많이 들어본 거 같기도 하고. 아, 모르겠다. 일단 난 청양으로 추측되는 지역에서 식량을 구해보기로 했다. 그러다 폐허가 된 편의점을 찾았다.

"이 편의점 점주는 얼마 전에 죽었어. 유통기한은 대부분 안 지났으니까 먹어도 돼."
"이걸 진짜 먹어도 돼?"
"응. 괜찮아."

우리는 그렇게 유통기한이 지나지 않은 통조림들을 꺼내 먹었다.
"혹시 나랑 동창인가?"

"난 여중, 여고 나왔어."

"나도 여중인데? 2학년 5반?"

"어. 그럼 설마, 그 전예솔?"

"뭐야, 신예인! 너였어?"

"10년밖에 안 지났는데 얼굴을 까먹었네. 둘 다."

<10년 전, 동서남북여자중학교>

"얘들아! 오늘 체육 강당이래!"

"야, 피구 하자 피구."

"무슨 소리야. 배드민턴이지!"

2교시 수학이 끝나고, 3교시에 체육을 할 생각에 설레었다. 우리 학교는 특이하게 3교시가 끝나면 밥을 먹어서 점심시간 때문에 설레었던 건지도 모른다. 우린 강당에 가서 피구를 하기로 했다.

"야, 빨리 맞춰!"

"나 맞았어. 미안, 얘들아."

"괜찮아, 넌 좀 맞아도 돼!"

재밌게 피구를 하고 난 후, 점심시간이 되었다. 친구 중에 점심을 안 먹는 친구들이 많았다. 물론 나도 포함이었다. 급식은 정말 맛이 없다.

학교 컴퓨터를 원래는 쓰면 안 되는 거지만, 우리는 몰래몰래 썼다. 우린 학교 컴퓨터와 텔레비전을 연결해서 괴담 프로그램을 틀고 보곤 했다.

"야, 저거 보자."
"저거 수진이가 별로랬어. 다른 거 보자."

너무 집중해서 보다가 놀라는 애가 한 명 있으면 다 같이 소리를 지르기도 하고. 이렇게 보니 내 학창 시절은 지금 생각하니 재밌는 추억으로 가득 차 있는 것 같다.

"맞아. 그땐 진짜 재밌었지."
"넌 급식 먹으러 가서 안 봤잖아."
"아니야, 다 먹고 와서도 너희가 틀어놔서 나도 봤어."
"재미있던 게 이렇게 생생하게 기억나는데, 왜 널 못 알아봤지?"

"어렸을 때랑은 좀 달라지기도 했고, 고등학생 되고 나서 연락 끊겼으니까 잊을 만도 하지."

"하긴."

"그것도 기억나? 지연이 집 놀러 갔던 거." "당연하지. 넌 무슨 파자마 하는 애가 11시에 자냐?"

"너희는 새벽 5시에 잤잖아."

"그랬나? 그때 진짜 피곤했어."

계속해서 이야기를 이어가는데도 끝이 없었다. 자세히 기억나진 않지만, 우리가 웃고 있는 걸 보니 아마도 그때의 우린 행복했었나 보다. 지금은 이런 상황에서 살고 있지만.

"다 먹었지? 출발할까?"

"난 이제 집에 갈게."

"에이, 그래도 너도 집에만 있는 거 지루했을 텐데. 같이 친구 만들러 가자."

"음, 너 사람 많은 곳은 알아? 그리고, 걸어서 가게? 어디 있을지도 모르고."

"그런가."

"그리구 너 친구 많았잖아."

"내가 연락하던 몇 안 되는 친구들도 다 죽었어. 그래서 찾고 있는 거야."

"아, 그렇구나⋯⋯. 그러면 같이 가자. 미안."

나는 예인이와 같이 사람들이 사는 곳을 찾아보기로 했다. 역시나 사람들이 하나도 보이지 않았다. 마침 그때, 지나가는 아저씨가 보였다.

"어? 저기 지나가는 사람이 보여!"

"백신 맞으셨나? 한쪽 팔을 잡고 계시는데?"

예인이가 그 사람에게 다가가더니 말을 걸었다.

"안녕하세요!"

"네, 근데 무슨 일이니?"

"제가 친구를 사귀고 싶어서 사람들이 많이 사는 곳을 찾고 있거든요. 혹시 거주지 주변에 사람들이 많이 살고 계시나요?"

"사람? 꽤 많다고 할 수 있지."

"저희랑 같이 가 주시면 안 될까요?"

"그쪽이 누군 줄 알고? 테러범이면 어쩌려고."

"아, 저 그런 사람 아닌데. 네, 알겠어요."

"집에나 얼른 가거라. 이 상황에 무슨 친구를 찾는다고."

예인이는 시무룩한 표정을 지으며 다시 내 옆으로 왔다. 그러다 내 귀에다 대고 속삭였다.

"몰래 따라가 보자."

예인이는 정말 미친 것 같다. 그러면서도 나는 일단 그 사람을 따라가기로 했다. 우리는 들키지 않도록 조심하면서 아저씨를 따라갔다.

도착해서 우리가 본 광경은 정말 충격적이었다. 사람들의 꼴이 말이 아니었다. 대부분 피골이 상접한 게 며칠간 아무것도 못 먹은 사람들 같았다.

"이, 이게 맞는 거야?"

내가 놀라서 큰 소리로 말하자 그 아저씨가 우릴 쳐다보
더니 달려왔다.

"설마, 나 따라온 거니?"
"네. 죄송해요."
"여기는 보시다시피 정상적인 사람은 살지 않아. 대부분
전쟁이나, 바이러스 같은 걸로 가족을 잃은 사람들이지.
나도 그렇고. 근데 난 이제 여길 떠날 거다. "
"떠나요? 어디로요? 왜요?"
"불길한 예감이 들어서. 너희들은 여기 온 걸 곧 후회할
거야."

따라오지 말 걸 그랬나 하는 생각이 들었다. 예인이는 또
나에게 귓속말을 했다.

"미안. 이런 곳인 줄 몰랐어."

정말 한 대 쥐어박고 싶은 마음을 꾹 참고, 예인이의 어
깨를 손으로 툭툭 쳤다.

"괜찮겠지, 뭐."

말은 그렇게 했지만, 사실은 정말 도망가고 싶었다. 갑자기 우리 집 고양이들이 보고 싶었다. 예인이는 우리와 또래 같아 보이는 낯선 사람에게 다가가 말을 걸었다.

"저기, 안녕하세요."
"……."

그 사람은 아무 대답을 하지 않은 채로 가만히 예인이를 쳐다보았다. 예인이는 뭔가 꺼림직했는지 또다시 내 옆으로 왔다.

"여기 뭔가 이상한 거 같아."
"네가 따라가자며! 일단 빠져나가는 게 맞는 거 같아. 여긴 진짜 이상해."

바로 그때, 안내 방송이 흘러나왔다.

<아, 아, 안내 말씀드리겠습니다. 12시간 내외로 우리 운

명동 근방에 운석이 떨어질 거로 예상되오니 지금 당장 대피하셔야 합니다. 다시 한번 안내 말씀드리겠습니다.>

그 아저씨가 우릴 보며 말했다.

"내 말 맞지? 후회할 거니까."
"아저씨는 이 사실을 알고 떠나시려던 거예요?"
"어젯밤에 예지몽을 꿨거든. 난 이제 진짜 갈 거야."
"그걸 사람들한테 말도 안 하신 거예요?"
"말은 했지. 근데 꿈 따위를 누가 믿어 줘?"

그러고는 아저씨는 정말로 급히 그곳을 떠났다. 우리도 어서 여기를 벗어나야 한다.

"가자, 예인아."

나는 예인이의 손목을 잡고 가까운 지하철역으로 달려갔다.

충돌

그때, 누군가가 오더니 내 팔을 잡았다.

"타지에서 온 거죠?"

50대로 보이는 듯한 아저씨였다. 작고 빼빼 마른 체구에
굉장히 떨리고 다급한 목소리였다.

"네, 그런데요."

"제발 저 좀 살려주세요. 아니, 저는 아니더라도 우리 아들만은……."

생존본능인 건지, 아니면 그냥 이기심인 건지 나는 그 아저씨가 거슬리기만 했다. 나는 그 아저씨의 손을 뿌리쳤다. 아저씨는 당황하더니, 곧 이해한다는 표정으로 나를 쳐다보았다.

"부탁할게요. 제 아들은 아직 어린데, 다리를 못 움직여요."

조금 당황했지만, 나는 차가운 표정을 유지하며 듣고 있었다.

"하지만 저는 아들과 같이 도망갈 자신이 없어요."
"왜요?"

가만히 듣던 예인이 물어봤다.

"안내방송을 듣지 못한 마을 사람들이 있는지 확인해야 해요. 그런데 제 아들은 남들처럼 뛰어갈 수도 없어서요. 제 아들을 데리고 시외로 나가주시기만 해주세요. 부탁입니다."

못 들어줄 부탁은 아니지만, 얽히면 괜히 곤란하고 귀찮아질 것 같아 나는 적당히 거절했다.

"저희는 이곳 사람이 아니니 다른 사람 찾아보세요."

내가 차갑게 거절하니, 예인이는 당황한 듯했다.

"솔아, 그러지 말고 도와주자. 그 아들이라는 애랑 친구도 하고! 아저씨도 도와드리고."
"그 아들이 자기 아빠 떼어놓고 온 사람이랑 친구 해주겠어? 생각해봐. 어쨌든, 안돼."

예인이는 어쩔 수 없다는 듯 말했다.

"죄송합니다."

아저씨는 괜찮다는 듯 손을 저었지만, 우리가 뒤를 돌아서 가자 눈물을 흘리더니 쓸쓸히 마을로 돌아갔다.

우리는 서로 말없이 택시를 기다렸다. 예인이가 먼저 말을 걸었다.

"택시가 안 다니네."
"외진 동네기도 하고, 요샌 택시 잘 없잖아. 있어도 도시에만 있지. 그리고 운석 떨어진다고 한 곳에 누가 오겠어?"

또다시 정적이 흘렀다. 내가 뭘 잘못한 건가.

"그 아저씨는 안 됐지만, 우리 잘못은 아니잖아. 아직 운석 떨어지려면 10시간 정도는······."

예인이는 내 말을 끊더니 말했다.

"안 되겠다. 난 그 아저씨 좀 도울게."
"어디가!! 그거 완전 멍청한 짓이야!"

"너 정말 이기적이다."

예인이는 뒤를 돌아 나를 한번 쳐다보더니 실망스럽다는 표정을 짓고는 다시 뛰어갔다. 난 다시 혼자가 되었다. 그렇지만 외롭지 않다. 저 애가 언제 죽을지도 모르는 이런 상황에서까지 친구를 찾는다는 이상한 소리를 지껄일 때부터 알아봤어야 했다.

택시는 잡히지도 않고. 혼자 생각할 시간이 생겼다. 내가 이기적이라고? 그럴지도. 하지만 나도 예전엔 그러지 않았던 것 같은데.

10년 전 오늘, 나는 지금쯤 한참 수업 중이겠지. 아, 모르겠다. 근데 자꾸 그때로 돌아가고 싶다.

"얘들아, 우린 미래에 뭘 하면서 살고 있을까?"
"미래?"
"글쎄, 생각 안 해봤는데."

나는 고민하는 친구들에게 당당하게 말했다.

"얘들아, 죽으면 끝이야! 그렇게 고민하지 마. 내일 당장 죽을지, 5년 후에 지구가 멸망할지, 어떻게 알아? 한 번 사는 인생인데 재밌게 살자."

"돈 벌려고 일하는 거지. 막말로 하고 싶은 일이 평생 놀고먹기면 그만큼 돈이 있어야 하는 거 아냐?"

"맞네. ㅋ"

지수는 역시 팩트로 사람을 잘 때린다.

"근데 뭐, 예솔이 말도 맞지. 죽으면 끝이잖아."

"그런가."

그냥 해본 소리였는데, 현실이 될 줄이야. 아무튼, 택시는 오지 않는다. 걸어야겠다. 걷다 보니 정말 많은 생각이 들었다. 아, 고양이! 그 녀석들을 잊고 있었다. 일단 집에 들러서 짐도 챙기고 하다 보면 잡생각쯤은 사라지겠지.

그렇게 한 시간 반 정도 걸었다. 집이 보이기 시작했다. 내 옷이나 생필품, 고양이 두 마리를 챙겨서 지하철을 타기로 했다. 지하철을 타고 가면서 또 생각이 많아졌다. 예인이는 도대체 남의 일인데 왜 그렇게 목숨을 걸고 도와주는 걸까? 내 머리론 도저히 이해가 가지 않는다. 열다섯의 년 그렇지 않았던 것 같은데. 그동안 친구를 많이 잃어서 동정심에 도운 거겠지.

지하철에는 역시 사람이 정말 없다. 몇 년 전부터 지하철을 타는 사람이 줄어들었다. 그냥 사람이 줄어든 건가? 그래서 고양이가 울어도 신경 쓰지 않는다. 어차피 이 칸엔 나 혼자니까.

지하철에서 내려서 걷다가 나오는 모텔을 발견했다. 그냥 거기에서 하루만 자고 상황을 지켜봐야 할 것 같다.

"안녕하세요. 혹시 빈방 있나요?"
"네. 근데 혹시 그거 고양이 이동장인가요?"

맞다, 고양이가 있었지.

"네, 고양이가 있으면 안 되겠죠?"
"저 고양이 진짜 좋아해요. 괜찮아요, 손님도 없는데.

203호로 가세요."

"감사합니다."

무사히 탈출에 성공했다. 집으로 갈까. 엄만 괜찮나? 그런데 알 수 없는 찜찜함 때문에 나는 뉴스를 틀어놓았다.

"자, 야옹이들 나오자."

짐을 풀고 잠옷으로 갈아입었다. 어차피 안 나갈 거니까 뭐. 갑자기 긴장이 풀리면서 잠이 쏟아졌다. 나는 잠들지 않으려고 감기는 눈을 부릅뜨고 뉴스를 계속 들으려고 애를 썼다.

집에 놓고 와서 못 봤던 핸드폰을 열고 SNS를 켰더니 조회수가 적은 <행복동에 운석 떨어져…>라는 게시물이 있길래 들어가 보았다. 내용은 정말 뻔한, 행복동에 운석이 곧 떨어질 거라는 내용이었다. 댓글은 정말 가관이었다.

<어차피 저기 살던 사람들 빨리 죽고 싶었을 텐데. 이번 기회를 통해 잘 죽길 바랍니다.>

이런 생각이 어떻게 사람 머리에서 나오는 거지? 기회? 기회라고? 사람이 죽는데 도와주진 못할망정. 아, 나 너무 모순적이다. 나도 도움이 필요한 주민을 무시하고 나 혼자 살려고 온 거잖아. 예인이는 내가 이렇게 보였던 거구나, 정말 이기적이네. 지금이라도 가면 용서받을 수 있을까? 사람은 원래 사람을 돕고 사는 거잖아. 언제부터 내가 이런 사람이 됐지? 10년 전엔 그래도 사람을 많이 도와줬던 거 같은데. 아니, 이건 상황이 달라서 그런 걸 거야. 나도 모르게 나온 생존본능인 거지.

그러면서도 나는 다시 옷을 갈아입고 있었다. 지금이라도 가면 늦으려나? 6시간 남았는데 충분하지 않을까? 택시를 잡아서 갈까? 아니야, 택시는 거기까지 안 가줄 거 같기도 하고. 모르겠다. 일단 가보자. 벌써 옷도 다 입었어.

나는 지나가는 택시를 잡으면서 물어봤다.

"저기, 행복동 가요?"
"안 가요."

저 멀리에서 택시가 또 오는 걸 봤다.

"아저씨. 행복동 가요? 갔다가 친구만 태우고 오려고 하는데."

"아유, 가유."

"감사합니다!"

택시를 타고 가니 훨씬 빨리 행복동에 도착했다. 남은 시간은 3시간 정도고, 아직 예인이를 데리고 올 시간은 충분했다.

택시가 행복동 입구에 섰다. 이제 그 아저씨와 예인이를 찾으면 돼. 저 멀리에서 예인이가⋯⋯.

"허억, 허억. 꿈, 꿈이었어? 지금 몇 시지?"

시계를 보니 오후 9시였다. 운석이 떨어지기까지 2시간 정도 남은 상태였다.

진짜 멍청한 전예솔. 지금 잠이 오냐. 혼잣말로 <안돼!>만 100번을 외치며 뉴스를 검색했다. 다행히 아직 사망자는 없는 것 같았다. 대피는 잘했겠지. 제발⋯⋯. 그러면서 자기 전 틀어놓았던 뉴스 채널을 바라보고 있었다. 불안한 마음에 한시도 눈을 뗄 수 없었다. 앵커가 <다음 소

식입니다.>라고 말할 때마다 심장이 계속 뛰었다.

그리고 3시간쯤 지났다. 행복동 운석 충돌 피해자에 대한 소식이 없는 걸 보니 다행이라고 생각했을 때였다.

"방금 들어온 소식입니다. 행복시에 운석이 충돌하여 사망자가 나왔다는⋯⋯."
"사망자?"

사망자가 나왔다는 말을 듣자 심장이 또 죽을 듯이 뛰고 숨이 안 쉬어졌다. 인터넷에 사망자 명단을 찾아보았다.

"신, 신예인⋯⋯?"

사망자 명단에 신예인이 있었다. 동명이인이겠거니 했지만, 신예인이 흔한 이름은 아니잖아. 눈물도 나오지 않았다. 실감이 나질 않았다. 한동안 멍하니 아무것도 할 수가 없었다. 그냥 내가 가서 예인이의 장례식을 치러줘야 겠다는 생각만 들었다.

이러고 있을 때가 아니지. 정신을 차리고 핸드폰을 내려 놓으니 그제야 눈물이 펑펑 쏟아져 나왔다.

나의 정체는?

몇 시간이 지난 지금, 난 다시 행복동에 가보려고 했지만, 행복동에 가는 길이 다 무너져있어 접근조차 할 수 없었다.

"예인, 얼마나 무서웠을까."

그곳엔 뭐가 무엇인지 구분이 되지 않을 정도로 무너지

고 타버린 것들만이 남아있을 뿐이었다. 차라리 잘 된 걸수도 있다. 사랑하던 사람, 보고 싶었던 사람들을 만나게 되었으니까. 하지만 이렇게 생각하니 나 자신이 더 원망스럽고, 더 비참해졌다.

나는 내가 예전에 살던 곳으로 발길을 돌렸다. 예전에 우리가 졸업한 중학교 근처. 다행히 학교는 그대로였다. 인터넷에 검색해보니 전교 학생 수는 눈에 띄게 줄어있었지만, 하교하는 아이들을 보니 교복도 그대로였다.

"얘들아, 우리 집에 가서 떡볶이 먹자."
"그래!"

나도 친구들이랑 떡볶이 자주 먹었었는데. 우리가 자주 가던 분식집은 이제 없다. 아, 그립다, 다시 그때로 한 번만 돌아가 보고 싶다.

계속 걷다 보니 내가 살던 집이 보였다. 엄마는 연락도 없이 온 나를 보고 놀라서 무슨 일이냐고 물었다. 나는 또 눈물이 쏟아졌다.

"내 친구가 행복동에서……."

엄마는 가만히 내 등을 토닥여줬다. 잠도 잘 못 자고, 밥
도 잘 못 먹어서 꼴이 말이 아니었다. 엄마의 설득으로
당분간 내가 예전에 쓰던 방에서 지내기로 했다. 모텔로
가서 고양이들도 데리고 왔다. 답답한 마음에 노트북을
켜고 내가 겪었던 일들을 글로 쓰기 시작했다. 한참을 쓰
다가 나는 너무 졸려서 잠이 들었다.

한참을 자고 나서 눈을 떴지만, 뭔가 계속 꿈을 꾸는 것 같았다.
누군가 옆에 있었다. 예인이었다. 예인이가 내 눈을 보면서 말했
다.

"예솔아, 왜 도망갔어? 왜 그랬어? 무서웠어?"
"아니야, 아니야! 미안해."

또 꿈이었다. 더듬더듬 핸드폰을 찾아 승주에게 영상통
화를 걸었다. 승주는 나의 가장 친한 친구인데, 운석이 떨
어지기 전에 가족과 함께 미국으로 갔다. 무슨 말이라도
해야만 했다. 승주에게 여태껏 일어난 일들을 다 털어놓

고서야 나는 겨우 진정이 됐다.

"예인이, 진짜 안됐다. 어떡해……."
"난 걔가 죽을 줄 진짜 몰랐어. 아직도 살아 있는 것 같아. 오늘도 꿈에 나왔어. 나를 원망하는 눈으로 바라보면서……."
"너는 괜찮고? 트라우마 생긴 거 아냐?"
"안 괜찮아. 하나도 안 괜찮아. 그래도 너랑 통화하니까 조금 나아졌어. 고마워."

아직도 그 장면이 생생하게 떠오른다. 그 애랑 떠들며 웃던 게 너무나도 선명해서 내 옆에 살아 있는 것만 같다. 이 모든 게 나 때문인 것 같은 죄책감도 든다.

내가 남아서 도와줬더라면, 예인이는 살 수 있었을까.

에필로그

그래서…….

"아, 뭐라고 써야 해?"

이 말도 안 되는 이야기들은 전부 다 내 소설이다. 그러니까 애초에 예인이라는 아이는 존재하지 않고, 내가 멸망 직전의 지구에서 살아갈 일도 없다. 내 망상에서 일어난 일들이니까.

놀랐으면 미안!
내 이름은 전예솔, 25살 웹툰 작가이다.

2032년에는 바이러스로 인구가 절반으로 줄어들 일도 없고, 운석 충돌로 내 친구들이 죽을 일도 없다. 물론 지구가 예전보다는 더워지긴 했지만, 그래도 멸망하지는 않았다.

솔직히 그렇게 영화 같은 일이 일어나겠어?

the Author's Note

전예솔

제 글은 이해하기 어려운 난해한 글이었는데요, 솔직히 저도 이런 글을 쓸 줄은 몰랐어요. 그냥 미래에는 이런저런 일이 많겠지, 우리에게는 생소한 것들이 미래에는 당연한 일들이 되어있지 않을까? 생각하다가 멸망 직전의 지구로 가버렸습니다.

지구 멸망 직전의 나는 뭘 하고 있을까 생각해 봤는데 마냥 행복할 수는 없을 것 같아서 제 친구 예인이를 죽였는데 마무리가 급전개가 된 느낌이기도 하고, 제가 원하는 대로 손이 안 따라주기도 해서 원하는 느낌은 못 살린 것 같아요. 역시 필력이 좀 부족했던 게 가장 아쉽습니다.

그래도 글도 써보고 많은 경험을 한 것 같아서 좋았어요. 다 쓰고 보니 내가 썼다!! 내가 해냈다!! 하는 뿌듯함도 조금 있었고요.

문제는 저는 글만 쓰는게 아니라 그림도 그려야 했고, 쓰면서 많은 심리적 변화가 있어 갈수록 어두워져서 힘들었습니다.

그래도 자랑할 거리가 하나 생겨서 기뻐요. 청소년 작가 타이틀이라니!!!

예인이는 실존하는 제 친구의 이름에서 따왔어요. 어쩔 수 없이 등장을 너무 많이 시켰네요. 예인아, 미안하고 고마워.

그래도 나름 매력 있고 독특하게 완성된 것 같아요. 속도 느린 거 기다려주고, 완성도도 더 올려주신 은영쌤 감사합니다! 엄마도 고마워요!

고쌤과 함께하는
신나는 책 만들기

**아래 해당하는 청소년들은
고집북스로 연락해주세요!**

-나도 글은 좀 쓰는데 라고 생각하는 사람

-10대에 출간작가가 되고 싶은 사람

-그림책을 만들어보고 싶은 사람

-책 만드는 과정을 배우고 싶은 사람

-글을 잘 써보고 싶은 사람

-독립출판에 대해 자세히 알고 싶은 사람

"Zoom 수업으로 5개월 만에
나만의 책 출간하기"

첫째 달: 목차 정하고, 글쓰기

둘째 달: 계속 쓰기

셋째 달: 인디자인 배우기(편집)

넷째 달: 교정, 교열 배우기

다섯째 달: 독립출판으로 출간하기

상담문의:
이메일 savvy75@hanmail.net
인스타그램 @gozipbooks